丹麦国宝级童书作家

奥勒·伦·基尔克高

OLE LUND KIRKEGAARD

橡胶泰山

[丹麦] 奥勒·伦·基尔克高 著/绘　张同 译

上海译文出版社

奥勒·伦·基尔克高

（Ole Lund Kirkegaard　1940－1979）

作者介绍

奥勒 · 伦 · 基尔克高，丹麦最成功的童书作家之一。

1940 年，基尔克高出生在丹麦奥尔胡斯，早年在学堂的教学经历给了他源源不断的创作灵感。基尔克高的作品集现实与想象于一体，用风趣诙谐的语言和歪歪扭扭的手绘插画塑造了一个充满奇思妙想的儿童世界。

1966 年，基尔克高凭借《小威格尔》中的《小威格尔和龙》这一章节赢得丹麦《政治家报》小说竞赛大奖。这个故事风靡丹麦，而小威格尔则被称为“丹麦的长袜子皮皮”。他的其他代表作有《小淘气艾伯特》《青蛙魔王》《魔毯》《犀牛奥多》《橡胶泰山》《街角屋大盗》等等。

1969 年基尔克高被丹麦文化部授予儿童文学奖章。他的创作成为一代代丹麦人必读的童书经典，书中的人物伴随着不同时代的丹麦儿童成长，是家喻户晓的永恒故事。他的大部分著作也被翻拍成电影和戏剧，给观众带来了无尽的欢声笑语和童年回忆。

目录

第一章 …………………… 01

第二章 …………………… 07

第三章 …………………… 15

第四章 …………………… 23

第五章 …………………… 35

第六章 …………………… 47

第七章 …………………… 57

第八章 …………………… 63

第九章 …………………… 69

最后、简短的第十章 …… 77

第一章

这本书的主人公是一个小男孩，大家总爱叫他“橡胶泰山”。

但这其实不是他真正的名字。

他的原名叫伊万 · 奥勒森。

他长这样。

如你所见，伊万并不高大。

甚至有些瘦小——而且也不算十分帅气。

他没有强壮的肌肉，谁都打不过。

所以他每天都要挨揍。

听起来有趣极了——伊万每天都要挨揍。

但其实不然。

至少对伊万来说，这不是一件趣事。

有时，他的裤子会被浇湿；有时，他会被锁进学校的厕所里。

对伊万来说，这一点儿都不好玩儿。

大男孩们是最可恶的。

“嘿，小伊万，”他们揪着伊万的头发和耳朵说，“能让我们看看你的肌肉吗？”

“不——要——”伊万一边反抗一边朝大男孩们挥舞自己的书包，“我哪儿有肌肉——你们早就知道了。”

“噢，小伊万，”大男孩们大笑着说，“就让我们看看嘛！”

于是他们挽起伊万的袖子，打量着他那苍白消瘦的手臂。

“哦，不是吧，”他们端详了片刻伊万的胳膊说，“不是吧，你说得没错，小伊万，你的肌肉还不如鸟粪大。”

接着他们再次放声大笑，在厕所朝伊万的裤子里灌起水来——只是为了好玩儿。而且这里很安全，不会被老师发现。

力大无穷的男孩们聚在一起，他们把伊万抬起来，将水龙头对准他的裤子。于是冰冷的水顺着他的裤腿流下，一直流进橡胶鞋里。

就这样，伊万的裤子和鞋子都湿透了。

冬天是最惨的。

在伊万回家的路上，浸湿裤子的水会结冰。裤子冻得像纸板一样硬邦邦的——伊万只能像鹅一样跌跌撞撞地前进。

“哈，哈，哈！”大男孩们扯着沙哑的嗓子大喊，“哈，哈，哈……你们看见了吗？伊万尿裤子喽！”

“闭嘴！”伊万喊道。

但大男孩们并没有闭嘴。

他们笑得更大声了，好像嗓子里有砂纸不住地挠痒痒一样。

大男孩们是这样嘲笑他的。

“伊万！”他们喊，“你是大笨蛋吗？你的妈妈是不是也这么说过？”

伊万的妈妈少言寡语。

当看到伊万穿着湿透了的裤子回家时，她只会无奈地摇摇头，然后把他的裤子挂在浴室的晾衣绳上。

伊万的妈妈觉得湿裤子糟透了。

“裤子怎么湿得没完没了，”她一边晾衣服一边咕哝道，“真

伊万，你这个大笨蛋！
哈……
哈……
嘿……
嗨…
吼…

倒霉……”

伊万的妈妈话很少，但他的爸爸，奥勒森先生一说起话来就滔滔不绝。

这不，他已经开始大声嚷嚷了。

“什么？”他喊，“你又把裤子弄湿了？”

“呃，是……”伊万回答。

“到底怎么搞的？”他的爸爸气得直拍桌子，咖啡杯都吓得从桌上跳了起来，“你应该学着反抗！小子，像个男子汉一样！”

伊万的爸爸——奥勒森先生——就是这样拍桌子的。

“男子汉是什么？”伊万问。

“男子汉，”他的爸爸喊道，“男子汉就是能打败别人的人！”

“我不行，”伊万说，“我谁都打不过。”

“没错，”他的爸爸大声说，“你什么都做不了，小子，你就是胆小鬼！”

“呃……”伊万思考了片刻说，“我的确是。”

“啊！”他的爸爸气冲冲地从椅子上站起来，怒吼道，“我做错了什么，为什么要给我这样一个软弱的儿子！”

“我也不知道。”伊万回答。

但伊万还是学到了很多东西。

在学校里，他学会了如何把裤子弄湿，如何挨揍；在家里，他从爸爸那里学到一个男孩要成为男子汉，就必须去打败其他人，不然就是个胆小鬼。

现在你明白了吧，伊万真的很不容易。

第二章

在学校，伊万和其他小孩要学习字母和单词拼写之类的功课。

但这并不简单。

至少对伊万来说不太简单。

他总是记不清单词应该怎么读，因为他觉得字母长得都一个样。

课本里的一行行字符在他眼里就像一行行排着长队的蚂蚁。

班里的其他孩子几乎都能认全字母，有几个甚至已经可以读真正的书了。

但伊万什么都看不懂。

mis
m
d
o
v

他只能呆坐着，绞尽脑汁地想这些单词到底是什么，手心直冒汗。

他们的老师很有耐心。

他总是尽自己最大的能力帮助伊万，但结果并不理想。

“拼写太没意思了，”伊万问老师，“我们不能学点儿别的吗？”

“恐怕不能，”老师回答，“在学校就是要学习课本里的知识。”

“为什么呢？”伊万问。

“呃，”老师说，“法律里就是这么写的，大家应该遵守法律。”

“那你不能修改一下法律吗？”伊万问。

“不能，”老师说，“我只是一个普普通通的老师，我什么都改变不了。”

“真是太可惜了，”伊万说，“看来，我永远都学不会这几千个单词了。”

“不会吧，”老师继续道，“现在没有这么多单词呀！”

“可我觉得好多，”伊万又低头看了一眼课本，上面密密麻麻的字母像蚂蚁洞里的蚂蚁一样爬来爬去，他继续感慨道，“太多了，实在是太多了！”

伊万眼里的字母像蚂蚁一样爬来爬去。

伊万一回家，他的爸爸就问他：“对了，小子，今天你在学校学了什么？”

“呃，”伊万嘟囔道，“没什么特别的。”

“什么？”他的爸爸怒吼道，“没什么特别的？意思是说你们今天在学校什么都没学会吗？”

“是……”伊万吞吞吐吐地说，“至少我什么都没学会。”

“你说什么？”他的爸爸愤怒极了，“气死我了！我每个月都要交那么多的钱，就是为了让我的儿子能在学校学有所成，像他的父亲一样充满智慧。我的钱都打水漂了吗？”

“我也不知道。”伊万回答。

“不，我知道！”他的爸爸歇斯底里地喊道，“我换来了一个没用的傻儿子！”

他用脑门狠狠地撞向桌面。

就像这样

“我这个可怜的人究竟做错了什么！”他咆哮道。

“你磕到脑袋了。”伊万说着走开了。

在学校，孩子们有时会上体育课。

在体育课上，女孩们喜欢打球，还会跟着音乐跳舞。

但男孩们从来不跳舞。

学校的男孩们只喜欢舒展胳膊，拉伸双腿，好让肌肉更壮硕一些。

他们会像生活在原始森林中的猿猴一样拉着吊环荡来荡去，还会跳马。

跳马由四条腿托举着的方墩组成。

伊万不敢玩吊环也不敢跳马，因为他害怕自己从高处掉下来，摔出鼻血。

伊万把自己的顾虑告诉了体育老师。

“喔……”体育老师若有所思。

他之所以成为体育老师，是因为他很擅长跳马，因此他以为其他人都和他一样热爱这项运动。

“喔……”他说，“怎么会呢，像你这样健康的小伙子应该无所畏惧吧？”

“不是这样的。”伊万回答。

“喔……”体育老师全然忘记了自己小时候曾经有过的恐惧，“你多练习就好了。”

“不用了，谢谢。”伊万说。

“不行，不行，”体育老师说，“你来上学就是为了学习新东西。”

说着他就把伊万推到了跳马上。

伊万坐在方墩上，肚子由于极度恐惧紧缩着——直到他摔倒在地，开始流鼻血。

“哎呀——快站起来，”体育老师说，“这么大的男孩应该不会为这种小事哭鼻子吧？”

“不，”伊万一边说一边擦掉脸上的鼻血，“大男孩是不会哭

伊万从跳马上摔下来，开始流鼻血

鼻子的。”

但伊万并不觉得自己是个大男孩。

他觉得自己是个矮小瘦弱的男孩，每天都被往裤子里灌水，被揍，被摔出鼻血——而且还不能哭。

伊万觉得这个世界非常非常奇怪。

第三章

一天，伊万的爸爸奥勒森先生回家时在胳膊底下夹着一本书。

他回来了

这本书叫《人猿泰山》。

这本书精彩至极——甚至精彩到让奥勒森先生忘记了自己的咖啡。

在他津津有味地阅读的时候，咖啡凉了。

是这样的。

这本书讲述了人猿泰山的故事。

泰山生活在原始森林里，他非常非常强壮。

书里是这样描述的——从图画中也能看得出来。

如你所见，泰山可以在树上来回跳跃。

他还能用猿猴的语言和他们交谈。

因此他成为了猿猴之王。

没错，书里写着：猿猴之王。

泰山还有一位女友。

她叫简，总是很忙。

“抱我，泰山。”她说。

泰山抱起简，在原始丛林里来回穿梭。

但泰山的能力不止于此。

他可以杀死鳄鱼。

他花了很长时间去对抗丛林中泥泞河流里的鳄鱼。

伊万的爸爸觉得《人猿泰山》是一本了不起的书，他也觉得泰山是个了不起的人。

因此，在读完整本书后，他叫来了自己的儿子伊万。

“这里，”他指着书里的图片对伊万说，“看到了吗，这就是真正的男子汉。”

伊万看了一眼图片。

“他为什么挂在树上呢？”伊万问。

他从来没见过一个大男人会挂在树上。

“因为他是猴王。”奥勒森先生说着拍了拍胸脯，接着咳嗽了一声。

“可是，”伊万一脸疑惑地说，“除了裤衩，他什么都没穿。真正的国王都是穿着衣服的。”

“不，”他的爸爸说，“那些所谓的真正的国王都是懦夫。而这个人，他健壮、勇猛、高大、英俊。”

“他有点儿肥。”伊万说。

“不！”他爸爸的拳头重重地落在书上，怒吼道，“他既威猛又强健！”

在下一页，你就能看见伊万的爸爸抡起拳头砸向书，正好砸到了泰山的脑袋。

“天呐，”伊万的爸爸惊恐地站起来说，“对不起，泰山先生！”

但泰山似乎一脸无所谓的样子。

他正悬挂在树枝上，注视着他想要杀死的鳄鱼。

“嗯，好了……”奥勒森先生说着小心翼翼地合上了书，“这就是泰山——猿猴之王。”

“很棒。”伊万说。

他爸爸的脸气得通红。

“不！”他大声喊——但这次他没有把拳头挥向书，“泰山高大威猛——而你，我的儿子，也要像他一样高大威猛！”

“啊，怎么可能，”伊万嘟囔道，“我怎么做才能成为他？”

“我有办法，”他爸爸的语气缓和了许多，“首先，你要学会

爬树。”

“我不敢，”伊万说，“我害怕掉下来摔出鼻血。”

“别废话，”他的爸爸说，“像你这样的大男孩一定能在枝条间上蹿下跳。”

“没错，但是我对在树枝间跳跃一点儿兴趣也没有，”伊万说，“我只想安安静静地待着。”

“嘿，”他的爸爸一脸自豪地说，“这件事由我来决定。因为你是我的儿子，儿子要按父亲说的去做。”

“为什么呢？”伊万问。

“呃……”奥勒森先生说，“就是这样，法律里是这么写的。儿子要按父亲说的去做，上面写着。”

什么破烂法律，伊万心想。

但这时他的爸爸已经把他拉到花园里，把他推到了树上。

就这样，伊万被迫悬挂在树枝上，他的肚子由于恐惧紧缩着

——直到树枝折断，伊万掉了下来，摔出了鼻血。

“看到了吧，”伊万一边擦鼻血一边对他的爸爸说，“我变不成泰山那样的人。”

“啊！”他的爸爸拉扯着头发喊道，“你什么都做不了！你真是……是……你真是一个胆小懦弱的橡胶泰山！”

“哦，”伊万咕哝道，他又擦了擦鼻血说，“我还以为我是一个懦夫。”

“你的确是，”他的爸爸喊，“不过最贴切的还是橡胶泰山。”

“好吧！”伊万说着走开了。

可就在这时，屋外的马路上正好有一大群孩子经过。

其中几个孩子恰巧听到了伊万的爸爸对伊万的称呼。

“嘿，橡胶泰山！”他们高声呼喊着，此起彼伏地大笑起来，“真是个好名字，我们就这么叫他好了。橡胶泰山，哈哈哈……”

第二天，大男孩们在校园里大声喊：“嗨，橡胶泰山，给我们看看你的肌肉吧！”同时爆发出一阵笑声。

“闭嘴！”伊万大喊。

这样的反抗当然无济于事。伊万的一天不得不从被大男孩们用水灌湿裤子开始了。

是的，就是这样。

可怜的孩子
嗷……

第四章

伊万很不情愿被叫做“橡胶泰山”，因为他觉得自己并不是用橡胶做的。

他只是一个总会挨揍、总会被其他孩子用水浇湿裤子的极其平凡的小男孩。

但有一天，伊万决定学习一些新东西。

一些自己能够擅长的东西。

首先，伊万想，我要像其他男孩一样学习踢足球。

于是，伊万来到足球场学习踢球。

足球场是一片绿色的大空地。

这里到处都是追逐着足球奔跑的小男孩。

这就是足球场

“橡胶泰山来喽！”几个男孩大喊，“他来这里做什么？”

“呃……”伊万回答，“我也想学踢球。”

男孩们停了下来，走到他的身边。

“你刚才说什么？”他们问。

“我也想学踢球。”伊万说。

“你会抢断吗？”一个高高瘦瘦的男孩说。

“呃，什么？”伊万说——因为他完全不知道抢断是什么意思。

“你会射门吗？”另一个男孩问。

“呃，”伊万说，“射门……”

“哈，”男孩们说，“你对足球一无所知吧？”

“不是……”伊万说。

“好，那让他试试，”那个又瘦又高的男孩说，“让我们看看橡胶泰山会什么。”

“好，”几个男孩说，“踢这颗球，小不点儿。”

足球就躺在几个男孩面前的草地上。

“快跑！”一个男孩说。

伊万朝着足球一口气跑了七八米，随后竭尽所能奋力一踢。

但伊万完全没有碰到球。

他只是在空中踢出一个大口子。

他的橡胶鞋被甩到空中，接着四仰八叉地摔倒在地。

“嗷！”伊万疼得直叫唤。

就像这样

“你简直是个足球小丑，”男孩们一边叫嚷着，一边把橡胶鞋扔向伊万的脑袋，“你永远都学不会的，橡胶泰山！”

“不，”伊万反驳道，“不可能！”

男孩们继续踢起了球，伊万拖着沉重的步伐离开了。

于是，伊万决定开始学习骑自行车。

但伊万没有自行车，他只好把妈妈高大的黑色女式自行车从地下室里拉出来。

伊万把自行车停在花园门口，抬起头认真打量。

我能驾驭这辆大自行车吗？他想。

他爬上花园的矮门，接着爬到高大的黑色自行车上。

糟了，他看了一眼地面心想，好高啊，已经有些头晕目眩了。

伊万就这样坐在高高的女式自行车上，这时，一个大男孩从这里经过。

“嗨，橡胶泰山，”大男孩说，“你在上面干什么？”

“骑车！”伊万说。

“哈哈，”大男孩提高了嗓门继续喊道，“你管这叫骑车？你一动不动啊，小鬼！”

“呃，没错，”伊万说，“这是因为我还没有启动。”

“你是笨蛋吗，”大男孩说，“你应该踩着踏板才对，小鬼！”

“是……”伊万说，“我知道。”

“那你倒是照着做呀！”大男孩继续说道。

“呃，好，”伊万说，“可问题是我完全够不到踏板，我的腿实在太短了。”

大男孩一副若有所思的样子。

“你说，”他坏笑着问，“我要不要帮你呢，橡胶泰山？”

于是他用力把这辆高大的黑色自行车向前推。

接下来就能看到这一切是如何发生的

“非常感……感……谢……”伊万打了个响嗝，抓着车把飞快地驶向街道。

他极速前进，一路穿过路灯、路牌、汽车和小狗，还经过了一个被他吓得跳起来的老太太。

“见鬼！”这位老太太挥舞着雨伞冲他喊，“恶棍、坏蛋、凶手……”

“好吧……”伊万咕哝着继续前进。

“哎呀，”伊万暗暗想到，“骑自行车原来这么难！”

但事情越来越糟糕。

老太太冲伊万喊叫

自行车先载着伊万穿过城市玫瑰花园。

城市玫瑰花园是一个好地方，从环绕花园的标牌就能看得出来。

标牌上写着：儿童禁止入内。

伊万直直地驶进了花园里的玫瑰花丛中。

“嘿，你，”一个男人一边走近一边用耙子将玫瑰花拨向两边，“你进里面想干什么？”

接着他举起耙子追着伊万跑。

“臭小孩！”他气急败坏地挥舞着耙子大喊，“快出去！”

“好吧……”伊万嘟囔着飞速驶出花园，来到了一条通向城市港口的狭窄又陡峭的街道。

从陡峭街道的顶端向前看去，路的尽头是一座从海岸延伸出去的长桥，两位渔夫正举着细长的鱼竿站在桥上。

在伊万呼啸着冲向他们时，两位渔夫正安静平和地伫立着谈论天气。

“小心！”伊万大喊，“我来了！”

当看到伊万朝他们飞驰而来时，两位渔夫吓了一跳。

“天呐，”他们大喊，“他会撞到我们的，救命啊！”

于是他们慌乱地扔掉鱼竿、帽子和眼镜，头朝下，一个猛子扎进了水里。

伊万飞快地穿过长桥。

就像这样

“糟了，”他倒吸一口凉气，“我一定会被淹死的！”

接着他就和高人的黑色自行车 起落入水中。

只听到“扑通”一声。

“咕噜，咕噜……”伊万接连不断发出了“咕噜咕噜”的声音。

不过伊万没有溺水。

一位渔夫用鱼竿把他钓了起来，伊万就这样悬挂在钩子上，滴滴答答。

滴答……滴答……滴答……

“嘿，”这位渔夫把伊万拎到一块标牌前说，“你不认识上面的字吗，小毛孩？”

“不认识。”伊万一五一十地回答。

伊万被拎到标语前。

“好吧，”渔夫说，“那我读给你听。上面写着，桥上禁止骑车。”

“哦，原来如此。”伊万说。

“哎，”另一位渔夫爬上桥说，“现在的小孩在学校都不学习写字，只顾玩儿吗？”

渔夫把伊万放到了桥上。

“你不适合骑车，”他说，“你不觉得你应该做些更理智的事吗？”

“没错，”伊万应和道，“说得有道理。”

当伊万穿着湿透的衣服，推着还在滴水的自行车回到家时，他的妈妈长叹了一口气。

“总是弄湿衣服怎么行，”她咕哝道，“你就不能做点儿别的吗？”

奥勒森先生也长叹一口气。

一声巨大的叹息，即便在街道的另一头也能听到。

“从裤子湿透变成全身湿透，”他嘟囔道，“这样下去可怎么办。”

“是呀，”伊万说，“怎么办呢……”

第五章

接下来的几天，伊万试着学习不同的东西。

有时，在从大男孩们身边经过时，他会看到他们如何朝远处的人行道上吐口水。

他们站在那里，双手插进口袋，看起来很酷。

有的大男孩甚至能把口水吐到街道的另一边。

还有的能把口水吐到八米之外的灯柱上。

简直太厉害了！

这个我应该能学会，伊万心想。

于是他也试着朝人行道上吐口水。

大男孩们在吐口水

但这次的尝试也不太顺利。

伊万的口水只是一些细小的白色泡沫，这些泡沫顺着伊万的衬衫流了下来。

“嘿，”他的爸爸从窗户伸出脑袋咆哮道，“你在糟蹋衣服吗，小子？”

“呃，的确是。”伊万说着悻悻地走开了。

他走到了小溪边。

他的爸爸从来都不会来这里。

小溪的下游，鸟儿们在树枝间欢唱。

在伊万头顶正上方的树枝上，一只紫翅椋鸟正吹着口哨。

哇，伊万坐在草地上默念，我来学习吹口哨好了。

于是，他坐在原地，开始练习吹口哨。

这时，一位老妇人一瘸一拐地路过。

老妇人看起来很奇怪。

她的头上顶着一只乌鸦，嘴巴里只有一颗牙。

她长这样 →

“你好啊！”老妇人说。

“你好！”伊万答道。

“你不害怕我吗？”老妇人问。

“不……”伊万说，“我只害怕被人用水浇湿裤子或者摔出鼻血之类的事。但我不怕你。”

“太奇怪了，”老妇人继续说道，“我是一个巫婆，你懂吗，一个实打实的巫师。”

“咦，”伊万仔细观察着这位头顶着乌鸦的老妇人说，“我之前从来没有见过这样实打实的巫师。不过我爸爸说，世界上没有真正的巫师。”

“好吧，”老妇人眯起一只眼问，“哦，你爸爸真是这么说的吗？”

“是的，”伊万回答，“他说，所有有关巫师的话都是胡说八道。”

老妇人笑了起来，伊万看到了她的牙。

“看来你的爸爸多半是个老糊涂，”她说，“但他应该有其他比较看好的事吧？”

“他也不看好我，因为我不擅长读书，不能爬树，不会踢球。”伊万说。

老妇人点了点头。

“没错，”她说，“老糊涂都是这样。不过听好喽，我可以帮你实现一个愿望。”

“一个愿望……”伊万说，“什么愿望？”

“是这样的，”老妇人说，“遇到巫师的人总能实现一个愿望。

你可以许一个自己想要实现的愿望。”

“天呐，真的吗，”伊万说，“我今天也太幸运了吧！我希望……”

“哦，等一下，”老妇人说，“要实现的愿望一定要有意义。不能只是想要一辆新自行车、一架新钢琴或者一块防水手表之类的。这些东西都可以慢慢攒钱买到。你回家好好想想。我们明天在这里见。”

“好的。”伊万说。

接着他便回家冥思苦想。

伊万一整晚都躺在床上想自己明天应该向巫师许什么愿。

伊万是这样思考的

我想要一百块，或者一千块，甚至七百万。

我也希望自己能成为踢球能手，或者吐口水能手。

但这些愿望都很没意思。

伊万在黑暗中翻来覆去，晃得小床吱呀作响。

或者我可以许愿让自己变得像泰山一样强壮，他想，这样我就能给那些大男孩们一点儿颜色瞧瞧了。

泰山能从街道的一边向另一边吐口水吗？

不能吧？

他肯定做不到。

在原始森林里，他们应该不会经常吐口水。

不过，如果我变得像人猿泰山一样强壮，爸爸一定会很高兴。

但我为什么要让爸爸感到高兴呢？

他从来不会让我感到高兴。

伊万长叹一口气，又翻了个身。

我也可以许愿让自己当一个不用挨揍、不被别人弄湿裤子的最为平凡的男孩，伊万心想，或者让大家都不要再叫我“橡胶泰山”。

可是，一次只能许一个愿望！

那一晚，伊万意识到许愿是一件多么困难的事。

他左思右想——在天蒙蒙亮，邻居屋顶上的画眉鸟开始歌唱时，伊万一瞬间豁然开朗，他终于知道要向老妇人许什么愿了。

他从床上一跃而起。

就像这样

他穿上衣服，急匆匆地跑向小溪边。

“我知道啦！”他一边狂奔一边兴奋地喊，“我知道了！我知道我想要什么了！”

伊万没看到老妇人的踪影，便开始寻找她。

最后，他找到了她。

老妇人正站在一辆大篷车外，一副睡眼惺忪的样子。

“天呐，”她揉了揉眼睛说，“你来得也太早了吧！”

“没错！”伊万大喊，“因为我知道我想许什么愿了！”

“所以你想许什么愿？”老妇人哈欠连天地问。

“我希望我所有的愿望都能实现！”伊万大声喊道。

老妇人不再打哈欠，她似乎被吓了一跳。

“什么？”她说，“再说一遍，什么？”

“嘿，”伊万一脸自豪地说，“我希望我所有的愿望都能实现。”

“你在开玩笑吧，”老妇人咕哝道，“你是说所有的愿望……”

“没错，”伊万说，“所有的愿望。”

“好，好，不会吧，”老妇人在大篷车前的台阶上坐下来，继续自言自语道，“这简直是我在巫师生涯中听到的最宏大的愿望。”

“是吧，”伊万更加自豪地说，“我可足足想了一整晚！”

老妇人挠了挠头发，头顶上的乌鸦不得不抬起了脚。

“这么宏大的愿望我只能帮你实现一天，”她说，“稍等一下，我得查查我的《巫师手册》。”

她从大篷车里拿出一本破破烂烂的书，埋头翻阅起来。

“宏大愿望……”她嘟囔道，“宏大……宏大……对，就在这里。宏大愿望……第一百七十六页。”

“这个愿望很不错吧？”伊万问，“是非常非常棒的愿望吧？”

老妇人点了点头，接着她把一个小黑罐放在了点燃的篝火上。

“好极了！”她说。

等罐子里的水开始冒泡，她用小勺添加了好多种神秘的东西进去。

一股难闻的味道弥漫开来，连她头顶的乌鸦都开始咳嗽。

“你往里面加了什么？”伊万问，在女巫旁边坐了下来。

“噢，”老妇人说，“每一样都来一点儿。有蛇油——这是每个巫师的法宝——以及老巫师陆陆续续收集的山楂果、青蛙卵、老鼠尿、烟灰、麻袋和圣诞啤酒。”

“哇，原来如此！”伊万说，“尝起来是什么味道？”

“糟糕透顶，”老妇人笑着说，“难吃极了，我也只在有客人的时候才会吃。平时我一般吃啤酒面包和煎鲱鱼，偶尔喝一杯白

兰地。来，让我们尝尝罐子汤。”

她把一大勺浑浊的黄色汤汁举到伊万的鼻子底下。

“哦……天呐……嗷！”伊万龇牙咧嘴地一口吞了下去，“咳咳，我的天，怎么可以这么难吃！”

“的确，”老妇人说，“味道是很呛。不过从现在开始你可以许愿了。但要记住我说的话：只限今日！”

“好的，”伊万重复道，“只限今日！”

第六章

于是，伊万成了一个可以实现任意愿望的男孩。

至少是今天。

他许的第一个愿望是成为世界吐口水冠军。

他把两只手插进口袋里——就像大男孩们那样——朝着马路的另一边远远地吐了一口口水。

“哦，天呐！”他兴奋地喊，“我可以！我做到了！！！”

他又朝马路对面吐了一口口水，这下才安心。

“好，”他对自己说，“太棒了，伊万！如果现在有人从这里经过该多好。”

居然真的有人向这边走来！

是两个经常往伊万的裤子里灌水的长着青春痘的大男孩。

“嘿！”他们大喊，“这不是我们的橡胶泰山吗，这位超人在这儿搞什么名堂呢？”

“吐口水，”伊万说，“朝远处吐口水。”

两个大男孩抱住彼此，前仰后合地大笑起来。

“我没听错吧？”一个大男孩笑得差点儿开始咳嗽，“你在朝远处吐口水吗，橡胶泰山？”

“没错。”伊万回答。

“让我们瞧瞧，”两个大男孩说，“给我们演示一下吧，橡胶泰山。”

“没问题，”伊万说，“你们能看到那边的灯柱吗？”

“看到了，看到了！”两个大男孩大声喊道，“你以为我们是瞎子吗，小子？”

伊万没有回答。

他把双手插进口袋，转过头，毫不费力地将一团圆圆的口水吐到了远处的灯柱上。

“哎……”两个大男孩脸上的笑容消失了，“哎，他真的击中了……”

“没错，”伊万说，“你们还想看什么？”

“呃，对，”男孩们说，“再来一次，第一

次我们可能看错了。”

伊万轻轻向后仰，接着又把一口口水吐到了远处的灯柱上——而且这一次，他还闭上了眼睛。

两个大男孩张大嘴巴，目瞪口呆地看着伊万。

“怎么可能，”其中一个男孩嘟囔道，“他今天出了什么问题，这个橡胶泰山。”

他们恍恍惚惚地走开了。

伊万发现，他们的神情有些尴尬。

在去学校的路上，伊万路过了图书馆。

伊万以前从来没有进去过，因为他完全不认字。

我去借本书好了，他想，我要读给老师听。

伊万走进图书馆。

“你好，”他对站在里面的图书馆管理员说，“我想借这里最大最厚的书。”

这位就是图书馆管理员

“好的，没问题，”管理员说，“但这本书又厚又重，没人能搬得动。”

“我可以。”伊万说。

“真的吗？”管理员笑着问。

不过，她还是带伊万来到了存放那本书的书架。

天呐，真是太大了！

这本书足足有九千多页，和冰箱差不多大。

“我就借这本书了。”伊万说。

于是他把这本巨大的书抬出了图书馆，接着放在一辆在人行道上孤零零地站了许久的手推车上。

他把书推进学校——一直推到教室的正中央。

“早上好，”他对老师说，“我想读书给你听。”

老师惊讶得眼镜都快掉了。

“啊，你说什么？”他问。

“我想把这本书读给大家听。”伊万说。

“可是，”老师说，“你压根不认识字呀，伊万·奥勒森。”

“我今天可以。”伊万回答。

于是，他开始大声朗读这本厚重的书给老师和班级里的其他同学听。

伊万开始大声朗读

当听到伊万一字不差地朗读完全书时，老师大跌眼镜。

“但是……”伊万说，“我要再读一遍。”

于是伊万又把这本厚重的书读了一遍——这一次是倒着读的。

“怎么可能……”老师默念道。

接着他便晕了过去。

因为他从来没有听说过有哪个小男孩能读懂这么大这么厚的书。

这一天发生的远不止这些。

比如，伊万在校园里也遇到了一些事。

这一天，大男孩们像往常一样等着给伊万的裤子里灌水。

“嗨，橡胶泰山！”他们一看到他便大声喊道，“能给我们看看你的肌肉吗？”

“想看就看！”伊万回答道。

大男孩们拍着大腿，笑得上气不接下气。

“你们听到了吗？”其中一个男孩喊，“橡胶泰山今天要给大家展示鸟粪大的肌肉喽！”

“他今天疯了吧！”另一个男孩说。

“疯子疯子！”大男孩们不住地大喊。

“好，橡胶泰山，”最大的男孩说，“露出你的鸟粪肌肉吧，小子！”

“对，不然就给你的裤子灌水！”有人喊道。

“这是必须的，”最大的男孩说，“挽起袖子，橡胶泰山。”

孤零零的伊万被大男孩们包围了起来，他们喊着，笑着，跳着。

“你们确定敢看我的肌肉吗？”伊万问。

大男孩们笑出了眼泪。

“我们猜，我们应该敢吧，”他们喊，“快给我们看看，橡胶泰山！”

伊万慢悠悠地把一只胳膊的袖子撩了起来。

“你们准备好了吗？”他说。

大男孩们大口喘着气，同时擦掉了滑落在长满青春痘的脸颊上的眼泪。

“好了，”他们高喊，“我们准备好了，来吧！”

只见伊万一只胳膊上的肌肉逐渐膨胀起来。

“噗”的一声——一块气球大小的肌肉从胳膊里蹿了出来。

就像这样

校园里突然悄无声息。

“天呐，”其中一个大男孩小声嘀咕道，“试想一下，如果他用这块大肌肉……”

“没错，”伊万说，“我现在就要用它！”

于是他给其中十七个最坏的男孩的裤子里灌了水，接着把其余的男孩锁进了厕所里。

被一起锁进去的还有体育老师。

“我不想,”体育老师大喊,“我不敢……”

“哎,”伊万说,“像你这样的大男孩应该无所畏惧吧?”

接着伊万重重地关上了体育老师面前的门。

“砰”的一声。

第七章

那天，当伊万从学校回到家时，他的爸爸奥勒森先生像往常一样在读关于泰山的那本书。

“怎么……你今天怎么回事？”奥勒森先生一脸不可思议地盯着他的小儿子，“今天你的裤子居然没有被弄湿？”

“没有。”伊万回答。

“听着，”他的爸爸从椅子上站了起来，“你不会被学校开除了吧？”

“没有。”伊万回答。

“哦，”他的爸爸咕哝道，“你今天学到什么了吗？”

“没有，”伊万回答，“没什么特别的。”

“没什么特别的是什么意思？”奥勒森先生咆哮道。

“哦，”伊万说，“就是没什么特别的。”

“可是，”他的爸爸大声质问道，“你难道今天在学校什么都没做？”

“怎么会，”伊万说，“我读完了一本像冰箱一样大的书。”

“像什么？”他的爸爸问。

“像冰箱！”伊万说，“然后我给几个大男孩的裤子里灌了水，还把体育老师锁进了厕所里。”

“简直无法无天！”他的爸爸拍打着脑门怒吼道，“你现在已经学会对自己的父亲撒谎了吗？”

“没有，”伊万回答，“我说的都是真的，你这个老糊涂！”

“我……啊！”他的爸爸歇斯底里地怒吼道，他的脸完全被气成了青紫色，“小孩怎么能这么对大人讲话！”奥勒森先生显然已经完全忘记了自己平常是怎么和自己的小儿子讲话的。

“大人怎么能这样对他们的孩子讲话！”伊万说着，拳头已经重重地落在了桌子上——就像他的爸爸以往那样。

伊万的力道太重，以至于把泰山从树上震了下来——泰山被鳄鱼吃掉了。当然，是书中的泰山。

奥勒森先生擦了擦额头上的汗。

“你看看！”他咆哮道，“你看看！你干了什么好事！你这个没用的家伙。你杀死了泰山!!!”

“没错，该死的泰山，”伊万说，“你现在就去外面的树枝上上蹿下跳吧，你这个老糊涂！”

“不要再说了！”奥勒森先生喊，“不要再说了！这是我听过的最刺耳的话。大人不需要按小孩的话去做，哈哈！”

“不，你很快就会相信，大人也会听小孩的话，”伊万说，“起码今天肯定会。”

于是伊万用胳膊夹住他的爸爸奥勒森先生，把他抬到爸爸之前推他上去的梨树下。

伊万这样用胳膊
夹着他的爸爸

“好，”伊万说，“让大家看看你是怎么在树枝间上蹿下跳的吧！”

“我……呃，我不敢……”奥勒森先生差点儿就要哭了。

“哎？”伊万说，“怎么？像你这样的男子汉应该无所畏惧吧？”

“哦，不，不是的，”奥勒森先生哀嚎着爬到一根快要折断的树枝上，“如果掉下去会摔出鼻血的……”

“没错，”伊万说，“我知道，因为我已经尝试过很多次了。”

“呃，是……所以呢？”奥勒森先生怒吼道，“孩子完全是另一回事！只有小孩才能从树上掉下来摔出鼻血。”

就在这时，奥勒森先生紧紧抱着的树枝折断了，他嚎叫着从树上摔了下来。

“有些大人偶尔也应该流流鼻血，”伊万在扶爸爸站起来时说，“没错吧……老糊涂？”

“咳咳，”他的爸爸擦了擦鼻血说，“这是我经历过的最可怕的事！”

接着奥勒森先生泣不成声。

可怜的奥勒森先生。

可怜的男子汉。

因为流了鼻血，他生了重病，不得不敷上冰袋卧床睡觉。

就像这样

伊万的妈妈——奥勒森太太——无奈地摇了摇头。

“不是吧……”她咕哝道，“真是越来越糟糕！”

她说得也许没错。

第八章

就在奥勒森先生躺在床上，头顶着冰袋呻吟时，伊万开始尝试骑自行车。

他从地下室推出那辆高大的黑色女式自行车，一跃而上。

“小心，”他大喊一声，身体向车把前倾，“自行车大侠来喽！”

“胡说，开什么玩笑，”一个骑着摩托车经过的大男孩说——他接着嘲笑道，“你根本不会骑自行车，橡胶泰山。还是跑回家让妈妈给你换块干净的尿布吧，小笨蛋！”

伊万在大男孩身旁刹住了车。

“要是我有时间，”他对大男孩说，“早就给你的裤子里灌水了，大笨蛋！不如我们比赛骑车，怎么样？”

“呵，”骑摩托车的大男孩说，“呵呵，你今天脑子不太清醒吗，橡胶泰山？”

“没有，你等着瞧，”伊万说，“我今天感觉特别特别好。我们来比赛吧！”

“呵，”大男孩点燃了一根烟，“你难道真的以为我会愿意和一个小毛孩比赛？”

“哈，”伊万说着爬上了自行车，“一定是因为你不敢，傻大个儿。”

大男孩的脸被气得通红。

“我难不成怕你？”他扔掉烟，咬牙切齿地说，“让你看看我的厉害……”

“好啊，试试看吧，傻大个儿！”伊万叫喊着沿着街道飞驰而去。

当他抵达帕瓦卡瓦商店时，他一个急转弯，自行车的轮胎都快要燃烧起来了。

大男孩给摩托车加足了油门，一路尾随伊万，但当他来到帕瓦卡瓦商店时，他忘记了转弯。

于是，他开进超市的大门，穿过收银台，骑着摩托车。

“是什么东西？”超市收银员问。

“啊……”正要为一袋酵母付钱的女士说，“啊……像是一辆摩托车。”

“不会吧，”收银员说，“我们的帕瓦卡瓦商店里不卖摩托车啊！”

“真的像一辆摩托车！”买酵母的女士说。

就在这时，帕瓦卡瓦商店里传来一阵噼里啪啦的巨响。

是三百个猫罐头从货架滚落到地板上发出的声音。

收银员和买酵母的女士闻声赶来。摩托车躺倒在猫罐头中央，大男孩掉进了冰柜里，冰柜里装满了冻得硬邦邦的鸡肉。

“你说得没错，”收银员对买酵母的女士说，“的确是一辆摩托车。”

“是啊，”买酵母的女士说，“还有一个大男孩。现在的年轻人真是越来越狂野了！”

“你说得对，女士，”收银员说，“越来越狂野了！都是电视的错！”

“噷！”大男孩痛苦地呻吟道，“噷，好疼啊！”

伊万朝着海港的方向继续进发。

他远远地就看见桥上站着四位渔夫。

他想骑过去和他们打招呼，告诉他们他学会骑自行车了这一好消息。

渔夫们原本静悄悄地站着，平和地低头望向水面。

突然，其中一位渔夫看见伊万正朝他们骑来。

“噢，糟了……”渔夫大喊着扔掉鱼竿，“又是他，那个疯疯癫癫的小毛孩！快跳水逃命啊！”

于是，几位渔夫连忙扔掉钓鱼竿、帽子和眼镜，一头扎进水里。

伊万在桥上停了下来。

“你们好啊，”他扯着嗓门和四位正绕着长桥游来游去的湿透了的渔夫打招呼，“我学会刹车了。”

四位渔夫面面相觑。

“呵，”他们生气地吐了一口海水说，“呵呵，真有趣！”

“我现在就钓你们上来。”伊万说。

“呵，”渔夫们讽刺道，“非常、非常有意思！”

“没错，”伊万说，“我一直都想钓鱼。”

就这样，伊万那天用鱼钩钓上来了四条“大鳕鱼”。

第九章

在那一天快要结束的时候，伊万路过足球场，他听到了里面热烈的呐喊声。

“我也想看这样的足球比赛。”他对自己说。

他跳下车，把它停到了球场的入口处。

足球场的四周挤满了热情的观众，因为那一天，有两个著名的球队在这里踢比赛。

观众们高举旗子、号角、啤酒和冰棍，拼尽全力地呐喊助威。

在伊万身旁，一个老头儿激动地不住跳跃。

“注意背后！”老头儿高喊，“注意背后！”

他冲着足球队员呐喊。

这就是其中的几位观众

“他们后背疼吗？”伊万问。

“什么？”老头儿说，“谁？”

“球场上的人，”伊万说着指了指足球队员们，“他们后背疼吗？”

“希望不会。”老头儿回应道。

“那你为什么要喊注意背后呢？”伊万问。

“噢，”老头儿说，“足球比赛上大家都会这么喊。”

“哦，原来如此。”伊万回答。

于是伊万也开始冲足球队员们高喊：“注意背后！”

可是，没过一会儿，球场里突然传来一阵可怕的声响。

足球比赛戛然而止，因为在球场中央，有一个足球队员在草地上打滚。

他的眼睛里飞进了一只苍蝇，因此不能继续踢球了。

“他应该注意背后的。”老头儿嘟囔道。

但没有人听见他说的话，因为所有观众都攥紧拳头，互相叫喊。

“现在怎么办呢？”他们喧嚷道，“必须得有一个新的球员替补，不然我们的球队一定会输，那就糟了！”

“我可以。”伊万穿着橡胶鞋冲进了球场。

观众席瞬间鸦雀无声。

接着他们再次喧闹起来：“吁，吁，吁千万次！这不是橡胶泰山吗，让他出去！”

那个眼睛里飞进苍蝇的球员站起来，用另一只眼睛盯着伊万。

他这样盯着

“不会吧，”他拂去额头的汗嘟囔道，“我们可不能让这样的小不点儿踢！”

但裁判已经吹了哨，足球队员们再次开始追逐足球。

大伙儿忙碌起来。眼睛里飞进苍蝇的球员被撞倒在地，另一只眼睛里扎进了青草。

“哎哟……”他自言自语道，“踢足球真是越来越危险了。”

与此同时，伊万开始为比赛热身，就像他之前见过的真正的足球队员那样。

他向上跳了几下，擦了擦鼻子，穿好橡胶鞋。

接着用尽全力朝足球飞奔而去。

他这样奔跑

对伊万来说，从其他足球队员那里抢到球并不难。

矮小灵巧的他在队员们的双腿之间溜进溜出，最后，他狠狠地踢了一脚，直接把球踢进了守门员的怀里。

“哎——哟——”守门员嚎叫着飞进了球门。

“进球，”裁判宣布，“比赛结束，一队赢得比赛。我现在要回家吃晚饭了。”

他这样飞进去

观众纷纷吹响号角，为伊万欢呼呐喊。

他们全然忘记了管他叫橡胶泰山。

就是这样。

那一晚，伊万睡得像石头一样沉，他梦到了这一生中最奇妙的一天。

最后、简短的第十章

第二天，天刚蒙蒙亮，伊万就飞奔到小溪边。

但那位老妇人和她的大篷车已经不见了踪迹。

只留下一小块燃烧过篝火的草丛。

“好吧，”伊万长叹一口气想，“看来今天我不能许愿了。”

事实证明伊万想得没错。

因为——

九点，他从木马上掉下来，摔出了鼻血。

十点，他被锁在了学校的厕所里。

十一点，他的裤子被大男孩们灌了水。

他一回家，他的爸爸——奥勒森先生——又买了一本新书。

书的名字叫《泰山回归》。

“这里，”他的爸爸指着书里的一处对他说，“你看这里。”

“好，”伊万长叹一口气，“我会的……”

Ole Lund Kirkegaard
Gummi-Tarzan

图字：09-2020-774 号

图书在版编目（CIP）数据

橡胶泰山 /（丹）奥勒·伦·基尔克高著；张同译.
—上海：上海译文出版社，2021.10
（丹麦儿童文学大师基尔克高作品精选）
书名原文：Gummi-Tarzan
ISBN 978-7-5327-8851-4

Ⅰ. ①橡… Ⅱ. ①奥… ②张… Ⅲ. ①童话—丹麦—现代 Ⅳ. ① I534.88

中国版本图书馆 CIP 数据核字（2021）第 185196 号

本书由丹麦艺术基金会资助出版

橡胶泰山　Gummi-Tarzan

［丹麦］奥勒·伦·基尔克高 著／绘　张同 译

策划编辑：赵平　张顺　　责任编辑：朱昕蔚　闫雪洁
装帧设计：柴昊洲　　版式设计：申祁颉工作室　　内文排版：张擎天

上海译文出版社有限公司出版、发行
网址：www.yiwen.com.cn
200001　上海福建中路 193 号
苏州市越洋印刷有限公司印刷

开本 890×1240　1/32　印张 2.75　插页 4　字数 14,000
2021 年 10 月第 1 版　2021 年 10 月第 1 次印刷

ISBN 978-7-5327-8851-4 / I·5469
定价：35.00 元